Я. Боринъ.

Пьеска для дѣтскихъ и школьныхъ спектаклей

ТРИ ПОЯСА.

Сказка въ 2-хъ сцен., 3-хъ карт.

Гусляры.

Изданіе М. И. Петрикъ.

МОСКВА—1912.

Тип. Т/Д. «Печатное Дѣло», Москва, Газетный, 9.

Одежда князей и бояръ въ X и XI вѣкахъ.

Дѣйствующія лица.

Князь. Добродушный, полный, средняго роста, съ замѣтной просѣдью, лѣтъ 56-ти мужчина. Волоса на головѣ длинные, подстриженные въ кружокъ. Борода окладистая, носъ крупный, съ окраской на вздутомъ нѣсколько кончикѣ.

Княгиня. Добрая, простодушная, постоянно улыбающаяся, лѣтъ 50-ти женщина; полная, низкорослая; ходитъ немного переваливаясь; суетливая. Постоянно шепчется либо съ княземъ или княжичемъ, либо съ приближенными боярынями.

Княжичъ. Молодцоватый парень лѣтъ 20-ти. Средняго роста. Волосы русые, на головѣ подстриженные въ кружокъ; борода небольшая, немного раздвоенная. Часто отбрасываетъ волосы движеніемъ головы, или молодцевато поправляетъ ихъ рукою. Видъ немного скучающій, но часто улыбается князю, княгинѣ или шуту.

Одежда князей и бояръ въ X и XI вѣкахъ.

Миловида-Посадница. Вдова городского посадника. Немного простоватая, подвижная, лѣтъ 45-ти женщина. Не очень полная, средняго роста. Постоянно суетится, вспыльчивая. Любитъ дѣтей, но не умѣетъ совладать съ ними. Не привыкшая вслушиваться въ чужія слова, и потому часто отвѣчаетъ невпопадъ. Любитъ посудачить.

Пересвѣта. Старшая дочь Посадницы, лѣтъ 16-ти дѣвушка. Красивая, изящная, стройная брюнетка. Немного своенравная, съ капризами. Постоянно охорашивается и украшаетъ голову или грудь цвѣточками или красивыми бездѣлушками. Всегда имѣетъ при себѣ круглое карманное зеркальце, въ которое часто глядится и охорашивается.

Одежда князей и бояръ въ X и XI вѣкахъ.

Услада. Вторая дочь Посадницы, лѣтъ 15-ти дѣвушка. Полная, красивая блондинка; коса длинная. Большая лакомка и потому постоянно имѣетъ въ карманахъ орѣхи и разныя сладости, которыми часто лакомится. Иногда, при вытаскиваніи платка изъ кармана, эти сладости выпадаютъ и разсыпаются по полу, и Услада спѣшитъ собрать ихъ.

Свѣтлана. Падчерица Посадницы. Скромная, привѣтливая, симпатичная по виду дѣвушка лѣтъ 17-ти, но въ красотѣ уступающая Пересвѣтѣ и Усладѣ. Средняго роста, одѣтая просто, но прилично; во всемъ заботливая и опрятная. Всегда за какимъ-нибудь дѣломъ: или вяжетъ чулки, или прядетъ пряжу, или стираетъ пыль съ предметовъ, поливаетъ цвѣты, осматриваетъ, все ли въ порядкѣ и т. п.

Старуха-Волшебница. Лицо доброе, привѣтливое. Носъ удлиненный; нѣсколько сгорбленная. Ходитъ опираясь на посохъ. Когда говоритъ, то нѣсколько выпрямляется, а во второй картинѣ принимаетъ видъ величественный.

Шутъ. Низкій ростомъ, лѣтъ 45-ти, съ клиновидной бородкой; волосы подрѣзаны въ кружокъ; съ небольшимъ брюшкомъ. Вертлявый, всегда съ хитрой улыбкой на лицѣ, остроумный, находчивый. Въ рукахъ посохъ съ бубенцами, а на головѣ красный колпакъ, тоже увѣшанный звенящими побрякушками. Одѣтъ въ короткій разноцвѣтный кафтанъ; на ногахъ красные сапоги. Разговаривая съ другими, шутъ иногда встряхиваетъ головою и посохомъ, какъ бы подчеркивая наиболѣе значительныя мѣста своего разговора.

Будимиръ. Гость князя. Дородный, 50-ти лѣтъ мужчина, высокій, полный, съ большимъ животомъ, съ длинной бородой и висячими усами. Волосы острижены въ кружокъ. Любитъ выпить и покушать. Носъ толстый, красный; смѣется громко.

Бирючъ. Служилый человѣкъ. Одѣтъ въ длиннополое платье служилыхъ людей X—XI вѣка. На головѣ высокая остроконечная шапка, опушенная внизу куньимъ мѣхомъ. Въ рукѣ боярскій посохъ. Походка важная. Говоритъ громко, высокимъ тономъ, причитая подобно пономарю.

Гусляръ. Сѣдой старикъ. Волоса длинные. Одежду его см. въ рисункѣ на титулѣ. Бояре, боярыни, именитые горожане, почетные гости, боярышни, челядинцы и челядинки, скоморохи, музыканты и ряженые; парни и дѣвушки. Хоръ живыхъ цвѣтовъ.

У каждаго мужчины на лѣвой сторонѣ привѣшены къ поясу мечъ и ножъ. Сапоги у всѣхъ цвѣтные. Женщины и въ особенности боярышни украшены разными красивыми бездѣлушками: блестящими ожерельями, браслетами и кольцами. У боярышень вся грудь увѣшана ожерельями изъ золотыхъ и серебряныхъ монетъ, раковинъ, янтарныхъ и стеклянныхъ бусъ и пр.

Сцена первая.

Лѣсная усадьба Миловиды-Посадницы. Въ глубинѣ берегъ рѣки. По берегу лежитъ дорога, по которой впродолженіе всего перваго дѣйствія, изрѣдка, проходятъ люди. На сценѣ кое-гдѣ деревья и цвѣтущіе кустарники. Ближе къ авансценѣ, на лѣвой сторонѣ—клумба съ цвѣтами; на правой—двѣ вкопанныхъ скамейки для сидѣнья.

ЯВЛЕНІЕ ПЕРВОЕ.

Старуха-волшебница, Пересвѣта и Услада (сначала за сценой, потомъ на сценѣ).

При поднятіи занавѣса за сценой, съ правой стороны, слышно пѣніе двухъ сестеръ: Услады и Пересвѣты. Голоса ихъ то приближаются, то удаляются. Черезъ нѣкоторое время на дорогѣ, съ лѣвой стороны, показывается старуха съ посохомъ. Она, видимо, сильно устала и еле-еле переступаетъ, опираясь на посохъ. Осмотрѣвши мѣсто, старуха приближается къ цвѣтной клумбѣ и садится возлѣ нея отдохнуть. Усталость преодолѣваетъ, и она, ощупавши возвышенное мѣсто клумбы, прилегаетъ на него головою и черезъ нѣсколько времени засыпаетъ. Съ правой стороны старухи—кустарникъ, вѣтви котораго не позволяютъ видѣть ее другимъ дѣйствующимъ лицамъ. Пѣніе можетъ продолжаться произвольно. Затѣмъ оно вдругъ обрывается и за сценой слышны восклицанія дѣвушекъ.

Голосъ Услады. Ахъ, ахъ, заяцъ! заяцъ! Видишь, Пересвѣта, онъ перебѣжалъ тебѣ дорогу!

Голосъ Пересвѣты. Вижу, вижу! Это мнѣ къ счастью.

Голосъ Услады. Какой тамъ — къ счастью! Видала, онъ бѣжалъ справа налѣво. Стало-быть къ несчастью.

Голосъ Пересвѣты. Чуръ, чуръ меня! Я такъ и знала: ты того и желаешь, чтобы я была несчастна...

Услада и Пересвѣта показываются справа, продолжая спорить.

Услада. Ахъ, Боже мой! Да вѣдь заяцъ перебѣжалъ дорогу тебѣ, а не мнѣ. Чѣмъ же я-то виновата?

Пересвѣта. Да ужъ ты вѣчно поперечишь. Матушка сама говорила, что если заяцъ перебѣжитъ дорогу справа налѣво, то къ счастью, а слѣва направо — къ несчастью...

Услада. Анъ неправда; она говорила, что слѣва направо — къ счастью, съ справа налѣво — къ несчастью...

Пересвѣта. (*Топая ногой*). Нѣтъ, совсѣмъ нѣтъ! Не будетъ по-твоему! Справа налѣво къ счастью...

Услада. Нѣтъ, къ несчастью.

Пересвѣта. Сластена постылая! Къ счастью...

Услада. А ты модница...

Пересвѣта. (*Топнувъ ногою*). А ты ворона! (*Дразнитъ*). Кра! кра! кра!..

Услада. (*Тоже*). А ты сорока (*передразниваетъ*): Скри-ки-ки! Скри-ки-ки!...

(Дѣвушки, топая ногами, кричатъ другъ на друга: „Сорока!“ — „Ворона!“ — „Скрики-ки!“ — „Кра, кра!“).

ЯВЛЕНІЕ ВТОРОЕ.

Тѣ же и Миловида-Посадница.

Посадница. Дѣтки! дѣтки! Да что съ вами? Опять спорите! Да перестаньте вы!..

*Услада и Пересвѣта бѣгутъ навстрѣчу матери и, переби-
вая одна другую, говорятъ разомъ.*

Пересвѣта. Матушка, она говоритъ...

Услада. Да погоди ты, дай мнѣ сказать!..

Пересвѣта *(отталкивая Усладу)*. Убирайся, сластена! Я постарше тебя...

Услада. *(Тоже)*. Отойди! Ты постарше да глу-
пѣе меня...

Посадница *(отстраняя обѣихъ и становясь
между ними)*. Да въ чемъ дѣло-то? Скажите тол-
комъ!

Пересвѣта *(отмахиваясь отъ Услады, которая силится перебить ее)*. Матушка! Вѣдь ты говорила, что если заяцъ перебѣжитъ дорогу справа
налѣво, то это къ счастью?

Посадница. Ну-да, къ счастью...

Пересвѣта *(Усладѣ, укоризненно)*. Ну, вотъ
видишь!..

Услада. *(Съ изумленіемъ, матери)*. Какъ, матушка! Да вѣдь ты же сама говорила, что если
заяцъ перебѣжитъ справа налѣво, то это къ несчастью, а если слѣва направо, то къ счастью...

Посадница *(не вслушавшись)*. Ну разумѣется
такъ, чего же спорить-то!

Услада *(съ укоризной Пересвѣтѣ)*. Ну, вотъ видишь!..

Пересвѣта (*удивленно матери*). Да что же ты, матушка! То къ счастью, то къ несчастью...

Посадница (*въ сильномъ недоумѣнiи*). Да о чемъ вы, дѣтки? Я что-то въ толкъ не возьму.

Пересвѣта (*разводя руками*). Ну вотъ и пойми ее!...

Услада. Да что же ты, матушка! Чья же правда-то?

Пересвѣта (*наступая на мать*). Говори же, матушка!

Посадница (*отмахиваясь отъ дѣтей*). Ахъ, дѣтки, дѣтки! Да ну васъ совсѣмъ! Съ вами, того гляди, ума рехнешься (*отмахиваясь отъ дѣтей руками, поспѣшно уходитъ*).

ЯВЛЕНІЕ ТРЕТЬЕ.

Услада и Пересвѣта.

Пересвѣта (*укоризненно*). Вотъ ты какая задира! и мать съ толку сбила.

Услада. Это ты задира, а не я. Не пристань ты къ ней, она бы не сбѣжала...

Пересвѣта. Ахъ ты, сластенка! Да вѣдь это ты пристала къ ней какъ муха!..

Услада. Вовсе не я, это ты!

Пересвѣта (*сердито топая ногою*). Нѣтъ, ты, ты, ты!...

Услада (*тоже*). Нѣтъ, ты, ты, ты, ты!.. (*топаютъ одна на другую*).

ЯВЛЕНІЕ ЧЕТВЕРТОЕ.

Тѣ же и Свѣтлана.

Свѣтлана (*выходя съ лѣвой стороны съ узломъ въ рукахъ*). Сестрицы! Сестрицы, перестаньте! Новость, новость скажу вамъ...

Услада (*спѣша навстрѣчу Свѣтланѣ*). Какую новость, Свѣтлана?

Пересвѣта (*тоже*). Что тамъ еще! Какая новость?..

Свѣтлана (*подходя къ авансценѣ*). А вотъ слушайте! По городу ходитъ бирючъ нашего князя. Объявляетъ онъ, что княжичу настала пора выбирать себѣ невѣсту. Такъ вотъ, бирючъ кличетъ бояръ, горожанъ именитыхъ, служилыхъ людей, чтобы они готовили своихъ дечерей на смотрины...

Пересвѣта (*радостно всплескивая руками*). Свѣты мои! Вотъ новость!.. (*Къ Свѣтланѣ*). А гдѣ будутъ смотрины?

Свѣтлана. У князя, въ его хоромахъ.

Услада. А когда они будутъ, смотрины-то?

Свѣтлана. Да говорятъ — на Купалу.

Пересвѣта (*всплескивая руками*). Батюшки — свѣты!

Услада (*тоже*). На Купалу!..

Пересвѣта. А у меня и платья новаго нѣтъ.

Услада. И у меня все износилось.

Свѣтлана. Ничего, еще успѣете принарядиться. Вѣдь до Купалы почти мѣсяцъ.

Пересвѣта (*ощупывая узелъ у Свѣтланы*). А это что у тебя?

Свѣтлана. Новая пряжа; снесу матушкѣ, а то она, небось, давно дожидается (*уходитъ направо*).

ЯВЛЕНІЕ ПЯТОЕ.

Услада и Пересвѣта.

Пересвѣта (*радостно, прохаживаясь у авансцены*). Вотъ еслибы мнѣ это счастье привалило! (*Къ Усладѣ*). Знаешь, Услада, мнѣ нынѣшнюю ночь снилось, будто у меня выросли крылья, и я все летала.

Услада. Это хорошо, Пересвѣта. Это непремѣнно къ счастью.

Пересвѣта. Такъ и матушка мнѣ сказала: Это, говоритъ, къ счастью. Вотъ оно и близко. (*Мечтательно*)... А знаешь, Услада, мнѣ думается, что княжичъ, изъ всѣхъ невѣстъ, выберетъ меня...

Услада (*тоже мечтательно*). И мнѣ думается то же самое. Какъ только Свѣтлана сказала, что княжичъ будетъ выбирать себѣ невѣсту, такъ во мнѣ сердечко и стукнуло: ну, думаю, кому-жъ, какъ не мнѣ, быть за княжичемъ...

Пересвѣта. Нѣтъ, Услада, ты еще молода. Ты бы тогда не знала, что съ собою дѣлать.

Услада. Скажите, пожалуйста! Ты только знаешь, что съ собою дѣлать.

Пересвѣта. Да, я знаю... (*Мечтательно*). Какъ только сдѣлаюсь женою княжича, то первымъ дѣломъ созову лучшихъ портныхъ и портнихъ со всего княжества и прикажу имъ нашить мнѣ всякихъ, всякихъ нарядовъ. Потомъ стану наря-

жаться въ нихъ и буду ходить, какъ пава. По-
хожу въ розовомъ платьѣ, а потомъ смѣню его
на голубое, и опять пройдусь туда, сюда — такъ
и буду смѣнять наряды каждый часъ. (*Вынимаетъ
изъ кармана зеркальце и смотрится въ него охорашиваясь*)

Услада (*смѣется*). Ха, ха, ха, ха!

Пересвѣта (*обидчиво*). Чего ты хохочешь?

Услада (*не переставая смѣяться*). Ха, ха, ха!
Вотъ нашла удовольствіе! Нарядится въ одно
платье, походитъ и разденется, а потомъ нарядится въ другое, походитъ и опять разденется:
ну что же тутъ хорошаго?

Пересвѣта. Ну, конечно, тебѣ изъ-за одной зависти это не понравится. Хотѣлось бы мнѣ
посмотрѣть, что бы ты стала дѣлать, если бы княжичъ вздумалъ тебя выбрать въ жены.

Услада. Ужъ я бы нашла, что дѣлать. (*Мечтательно*). Прежде всего я бы созвала лучшихъ
поваровъ и поварихъ со всего княжества и при-
казала бы имъ варить и печь разныя варенья,
печенья и всякія сладости. А сама бы ничего не
дѣлала, а только-бы ѣла да угощалась. (*Вынимаетъ
изъ кармана пряникъ и ѣстъ*).

Пересвѣта. Ха, ха, ха, ха! Вотъ такъ нашла удовольствіе! (*Передразнивая Усладу*). Все бы
ѣла да угощалась. Да ты и теперь все только
ѣшь, да угощаешься; даже во снѣ не перестаешь
сосать да жевать...

Услада (*обидчиво*). Смотрикася, ты хороша!
Ступай себѣ, наряжайся сколько хочешь, а за
княжичемъ тебѣ не быть.

Пересвѣта (*язвительно*). А ты, небось, думаешь сама быть за нимъ?! Да тебя и въ хоромы-то княжіи не допустятъ...

Услада (*топая ногой*). Нѣтъ, это тебя не допустятъ, а меня-то допустятъ.

Пересвѣта (*передразнивая языкомъ*). Натко-ся! Такъ тебя и допустили...

ЯВЛЕНІЕ ШЕСТОЕ.

Тѣ же и Свѣтлана *съ куделей и веретенами.*

Свѣтлана. Перестаньте, сестрицы, и охота вамъ ссориться постоянно. Вѣдь самимъ нехорошо.

Пересвѣта (*указывая на Усладу*). Да развѣ съ нею поладишь! Она такая злючка противная. (*Къ Свѣтланѣ*). Она первая начала. Говоритъ, что мнѣ не быть за княжичемъ.

Услада (*топая ногою*). Неправда, неправда! (*Къ Свѣтланѣ*). Она первая сказала, что меня и въ княжіи хоромы не допустятъ...

Свѣтлана. Да что вы спорите раньше времени! Оставьте! (*ласково береть обѣихъ за таліи и ведетъ къ столику*). Вы посмотрите, какой хорошій денекъ. Лучше давайте сядемъ за работу. Я принесла новую пряжу, матушка велѣла намъ приготовить три клубка нитокъ.

Услада (*обнимая Свѣтлану*). Ну, хорошо, Свѣтланушка, устанавливай куделю: я буду прясть съ тобою.

Пересвѣта. (*обнимая Свѣтлану за талію*). И я буду.

Дѣвушки садятся. Въ это время онѣ могутъ спѣть какую-либо пѣсню. Во время пѣнія Свѣтлана устанавливаетъ гребень съ готовой пряжей, раздаетъ веретена, и всѣ трое прядутъ пряжу. Послѣ пѣнія, которое можетъ продолжаться по желанію, дѣвушки возобновляютъ разговоръ.

П е р е с в ѣ т а. Ну, а ты, Свѣтлана, какъ бы ты стала жить, еслибы сдѣлалась женой княжича?

С в ѣ т л а н а. Ха, ха, ха! Ты спрашиваешь, какъ бы я стала летать, еслибы у меня крылья выросли?

П е р е с в ѣ т а. Да совсѣмъ не то...

С в ѣ т л а н а. Нѣтъ, милая сестрица, почти то же самое. Ну стоитъ ли думать о томъ, чего не можетъ быть. Это совсѣмъ не пригоже.

У с л а д а. Ну, сестра, какая ты скучная! Что же тутъ плохого?

С в ѣ т л а н а. Плохого нѣтъ ничего, да и хорошаго столько же. (*Указывая направо*). А вонъ и матушка чего-то спѣшитъ сюда.

ЯВЛЕНІЕ СЕДЬМОЕ.

Тѣ же и Посадница.

П о с а д н и ц а (*суетливо*). Дѣтки, дѣтки! Важная новость...

П е р е с в ѣ т а. Знаемъ, мама, знаемъ.

У с л а д а. Впередъ тебя узнали.

П о с а д н и ц а. Князь хочетъ женить своего княжича...

П е р е с в ѣ т а (*нетерпѣливо*). Да знаемъ же, мама! Вотъ только въ чемъ мы поѣдемъ на смотрины? Вѣдь мы совсѣмъ обносились; у насъ нѣтъ ни одного наряда хорошаго.

Посадница. Ну, для такого-то случая, хоть на послѣднюю полушку, а всё же обряжу васъ, мои красавицы. Не таковскаго вы роду, чтобы быть обряженными хуже другихъ боярышень. Вѣдь вашъ-то батюшка былъ и умеръ посадникомъ. Не богаты мы, это правда. Зато знатностью рода многимъ боярамъ не уступимъ.

Пересвѣта (вставая со скамьи). А какъ думаешь, матушка, кого изъ насъ выберетъ княжичъ: меня или Усладу?

Посадница (не задумываясь). Ну разумѣется тебя, моя красавица...

Услада (вскакивая со скамьи). Какъ, матушка! А меня-то?

Посадница (спохватившись). Ахъ, да!.. (Цѣлуя Усладу). Ты не тужи, мое дитятко: онъ и тебя не обойдетъ...

Услада и Пересвѣта (обѣ заразъ). Какъ не обойдетъ?!.

Пересвѣта. Что ты городишь, матушка?

Услада. Что за чепуха такая?!.

Посадница. Ахъ ты, Боже мой!.. Ну, разумѣется, обѣ вы у меня писанныя красавицы, а ужъ одну изъ васъ онъ непремѣнно выберетъ...

Пересвѣта. Меня, матушка?

Услада (стараясь отстранить Пересвѣту). Нѣтъ, матушка, меня. (Тормошатъ мать).

Обѣ. Да ну же! Говори, матушка!

Посадница (растерянчо). Обѣихъ, дочки, обѣихъ...Тьфу ты!..(Отмахиваясь руками).Да ну васъ совсѣмъ! Опять голову вскружили... (*Быстро уда-ляется направо*).

ЯВЛЕНІЕ ВОСЬМОЕ.

Свѣтлана, Услада и Пересвѣта.

Свѣтлана. Да что вы пристали къ матушкѣ! Почемъ же она знаетъ. Ужъ если вамъ охота узнать свою судьбу, такъ погадайте вонъ на цвѣтахъ. (*Указываетъ на клумбу*). Вотъ судьба и скажется.

Пересвѣта (*спохватившись*). А вѣдь и прав-да, что жъ это мы! (*Бѣжитъ къ клумбѣ*).

Услада (*бѣжитъ вслѣдъ за нею*). Давно бы такъ надо.

> Свѣтлана сидитъ за пряжей, работаетъ. Дѣ-вушки, подбѣжавши близко къ клумбѣ, замѣчаютъ спящую старуху-волшебницу.

Услада и Пересвѣта. (*Удивленно*). Ахъ! Ахъ! (*Съ любопытствомъ разглядываютъ старуху*).

Пересвѣта. Откуда забрела эта старушка?

Услада. Вотъ чудище!

Пересвѣта (*указывая*). Гляди, она горбатая.

Услада. А носъ-то, носъ-то, гляди какой!

Пересвѣта. Ой, ой! Носъ-то, правда, на двоихъ хватило бы, а она одной себѣ приспособила. (*Смѣются*).

Свѣтлана. Чему вы тамъ радуетесь? Али вамъ цвѣты предсказали одну судьбу: обѣимъ быть за княжичемъ?

Пересвѣта. Да нѣтъ, совсѣмъ не то. Ты пойди-ка погляди, какая сова къ намъ залетѣла!

Услада. Скорѣе, Свѣтлана! Вотъ погляди, какое чудище! (*Услада и Пересвѣта смѣются*).

Свѣтлана (*подходя, съ изумленіемъ*). Старушка!.. Какъ она сюда попала?

Пересвѣта. Ужъ не Баба-ль Яга это? (*Смѣются*).

Услада (*смѣясь*). Да она близко похожа на Бабу-Ягу; только ступы да толкача нѣтъ...

Свѣтлана. Ахъ, сестрицы! Не надо смѣяться надъ старухой. Глядите, какъ её солнце печетъ... Знаете что! Давайте сдѣлаемъ надъ нею шалашъ, загородимъ отъ солнца. (*Собираетъ вѣтви и втыкаетъ ихъ надъ головою старухи*).

Пересвѣта. Ну вотъ еще, охота возиться!..

Услада. Да у нея и обгорать-то нечему. Гляди-ка, у нея только кожа да кости...

Свѣтлана (*продолжая работать надъ шалашомъ*). Да ну же, милыя, помогите мнѣ! Ей будетъ такъ хорошо! Смотрите, какая она сморщенная, худенькая...

Пересвѣта неохотно начинаетъ помогать Свѣтланѣ, а за нею вскорѣ и Услада принимается за работу. Свѣтлана продолжаетъ говорить.

Свѣтлана. Бѣдная старушка! Она должно быть издалека идетъ. Видно устала сильно и прилегла отдохнуть... Ну вотъ и хорошо, Пересвѣта. У тебя доброе сердце. (*Указывая мѣсто*). Вотъ сюда, сюда воткни... Вотъ такъ... И Услада помогаетъ... Какія вы милыя... Ну вотъ... Теперь ей будетъ хорошо. Она совсѣмъ загорожена отъ солнышка...

Услада. (*Глядитъ съ улыбкой на Свѣтлану, и за-*

тьмъ обнимаетъ ее). И какая ты хорошая, Свѣтла-нушка. Въ другой разъ и не хочется дѣлать того, о чемъ ты просишь. А какъ поглядишь на тебя, то невольно берешься за дѣло.

Пересвѣта. А это правда, и я замѣчала. Иной разъ и разсердишься на тебя, хочется выругать, а ты взглянешь такъ—ласково, ласково, и вся злоба спадаетъ...

Свѣтлана (*заглядывая въ шалашъ*). Тссс!.. Глядите, она, кажется, просыпается...

Пересвѣта и Услада (*наклоняясь глядятъ на старуху*). Да, да! Открываетъ глаза...

Свѣтлана. Тсссс!.. Не шумите! Можетъ быть она опять заснетъ...

Дѣвушки молча смотрятъ на старуху, которая, проснувшись, съ изумленіемъ оглядываетъ шалашъ надъ собою.

Старуха. Что со мною!.. Гдѣ я?.. Никакъ не могу опомниться... (*Протираетъ глаза*). Откуда этотъ шалашъ?.. Легла, будто, на открытомъ мѣстѣ, а проснулась въ шалашѣ. (*Съ изумленіемъ оглядываетъ дѣвушекъ*).

Свѣтлана. Бабушка! Развѣ тебѣ въ шалашѣ лежать хуже, чѣмъ на солнцѣ?

Старуха (*ласково глядя на дѣвушекъ*). Аа-а, красавицы мои! Такъ это вы сдѣлали шалашъ надо мною, отъ солнышка загородили меня. Спасибо вамъ, кормилицы!.. Стара я, не вмоготу мнѣ домой добраться безъ отдыха. Вы пожалѣли меня, старуху слабую. Поблагодарю же и я васъ, мои красавицы. (*Со стонами подымается; Свѣтлана помогаетъ ей*). За вашу доброту и я сдѣлаю вамъ подарки (*Подходитъ ближе къ авансценѣ, достаетъ три пояса: два украшенные драгоцѣнностями, а третій бѣлая атласная лента*). Подойдите ко мнѣ, красавицы!.. Вотъ вамъ три пояса. (*Раскладываетъ ихъ на травѣ*). Выбирайте каждая себѣ, какой кому понравится.

Услада и Пересвѣта поспѣшно схватываютъ драгоцѣнные поясы, примѣряютъ ихъ и восхищаются, расхаживая по сценѣ.

Пересвѣта. Ахъ, какая красота! Ну что за прелесть!.. (*Любуется на себя въ маленькое зеркальце*).

Услада. Вотъ чудесный подарокъ! Какіе камни красивые!..

Обѣ сестры хвалятся одна другой и восторгаются.

Свѣтлана. (*Съ радостной улыбкой разсматриваетъ ленту*). Спасибо тебѣ, дорогая бабушка!

Старуха. Можетъ и тебѣ хочется имѣть такой же красивый поясъ, какой достался твоимъ сестрамъ?

Свѣтлана. Нѣтъ, бабушка, для меня и этотъ хорошъ. (*Обнимаетъ старуху*). Спасибо тебѣ! Онъ такъ похожъ цвѣтомъ на мою любимую лилію! Лучшаго пояса я не желаю...

Старуха (*обнимая Свѣтлану и подводя ее къ авансценѣ*). Ну такъ слушай, моя милая дѣвушка, что я скажу тебѣ. Ты не ошиблась, взявши этотъ поясъ. По виду онъ простъ, но въ немъ таятся безцѣнныя достоинства, какихъ не имѣютъ тѣ два пояса (*указываетъ на сестеръ*). Знай, что твой поясъ принесетъ тебѣ великое счастье. (*Беретъ ленту и опоясываетъ ею Свѣтлану*). Только смотри, милая дѣвушка, береги, крѣпко береги его! Ни за какія сокровища міра не снимай его съ себя. Въ немъ твое счастье...

Свѣтлана. Спасибо, бабушка. Я буду беречь его.

Старушка (*поглаживая по головѣ Свѣтлану*). Ну, прощай, моя голубка! Да смотри, не забывай моего совѣта. (*Цѣлуетъ Свѣтлану*). Прощай, моя милая.

Свѣтлана (*провожая старуху*). Прощай, прощай бабушка! Я не забуду твоего совѣта. (*Старуха скрывается въ глубинѣ сцены направо. Свѣтлана нѣсколько времени смотритъ ей вслѣдъ, а затѣмъ возвращается и садится на скамейку прясть нитки*).

ЯВЛЕНІЕ ДЕВЯТОЕ.

Свѣтлана, Услада, Пересвѣта и Посадница, *которая выходитъ справа*.

Посадница (*глядя на дочерей и въ удивленіи, всплеснувъ руками*). Батюшки свѣты! Дочки! Дочки! Да откуда же у васъ такіе чудесные поясы?!.

Пересвѣта (*подбѣгая къ матери*). Ахъ, матушка! Да ты погляди-ка поближе. (*Вертится передъ глазами матери*).

Услада (*тоже*). А мой-то, матушка! Ты на мой погляди!.. Ужъ теперь-то княжичъ ни на кого не промѣняетъ меня.

Пересвѣта (*топнувъ ногою*). Натко-ся! Нужна ему такая...

Услада. А ты думаешь, онъ на тебя заглядится?

Пересвѣта. Да все же скорѣе, чѣмъ на тебя...

Услада. Скажите, пожалуйста! Нужна ему такая сорока.

Пересвѣта. Ухъ ты, ворона! (*Дразня Усладу*). Кра! кра!..

Услада. (*Тоже*). Скри-ки-ки! Скри-ки-ки!..

Посадница (*стараясь разнять дѣтей*). Дѣтки, дѣтки!.. Да перестаньте вы! Дайте мнѣ полюбоваться на ваши пояса. Сроду я не видала такихъ... (*Къ Пересвѣтѣ*). Ахъ, какой чудесный! Да вѣдь ему и цѣны не приложить. (*Къ Усладѣ*). Боже, какая прелесть! Да скажите, откуда они у васъ? Съ неба что-ли свалились...

Пересвѣта. Какая-то старушка... (*Къ Усладѣ, которая силится перебить Пересвѣту*). Да погоди ты! (*Отталкивая Усладу*). Дай мнѣ сказать матушкѣ...

Услада. А ты чего перебила меня! Я хотѣла сказать раньше...

Пересвѣта. Матушка, да заставь ее помолчать!..

Посадница. Да помолчи, Услада! Ты помоложе...

Услада. А я-то чѣмъ виновата, что она старше меня! Пускай не перебиваетъ!

Пересвѣта (*топнувъ ногою*). Да замолчи ты, сластена противная!

Услада (*тоже*). Ты замолчи, модница!..

Пересвѣта (*плачущимъ голосомъ*). Матушка! да что-жъ это такое!..

Услада (*къ матери, плачущимъ голосомъ*). Да пригрози ей, матушка!..

Посадница. Ахъ, Боже мой! (*Растерявшись и отмахиваясь отъ дочерей*). Да ну васъ совсѣмъ! Опять голова ходуномъ пошла... (*Поспѣшно уходитъ направо*).

Пересвѣта (*сердито на Усладу*). У, противная сластенка! Не дала слова сказать... (*Убѣгаетъ вслѣдъ за матерью*).

Услада (*спѣша за Пересвѣтой*). Ахъ, ты, модница! Сама перебила меня, а я виновата. (*Бѣжитъ вслѣдъ за Пересвѣтой*).

ЯВЛЕНІЕ ДЕСЯТОЕ.

Свѣтлана и хоръ дѣвушекъ (*сначала за сценой, а затѣмъ на сценѣ*).

Свѣтлана (*продолжая крутить веретено, мечтаетъ вслухъ*). А небось, весело будетъ у князя на этихъ смотринахъ! Никогда не доводилось видѣть такого торжества. Только отъ покойной родной матушки слышала, когда была маленькая. .. Будутъ тамъ огни разноцвѣтные, боярышни въ красивыхъ нарядахъ, гости иноземные; будутъ скоморохи плясать, ряженые... Боярышни будутъ хороводъ водить... Всякихъ диковинокъ наглядятся... Хорошо!.. Вотъ бы посмотрѣть!.. А чего жъ бы и не посмотрѣть? Буду просить матушку. Хоть она и не родная мнѣ, а всё же добрая... Возьметъ!.. Вотъ только нарядовъ у меня не будетъ такихъ, какъ у Пересвѣты и Услады... Ну да это ничего. Сойду замѣсто прислужницы у сестеръ—всё равно то же самое увижу, что и всѣ другіе... (*Прислушивается*). Вотъ и дѣвушки съ поля возвращаются. (*Кладетъ на столъ пряжу и встаетъ*). Кажись, горожанки... А можетъ и слободскія. Пойти посмотрѣть...

(Идетъ въ глубину сцены и смотритъ налѣво. Оттуда слышится хороводная пѣсня дѣвушекъ и парней. Сначала она доносится тихо, издалека, а затѣмъ голоса постепенно усиливаются, и наконецъ дѣвушки и парни съ граблями и вилами показываются на сценѣ):

Посѣяли дѣвки ленъ (bis)
    Лели, лели дѣвки ленъ, (bis).
Посѣявши пололи. (bis).
    Лели, лели, пололи, (bis).
Пополовши домой шли, (bis).
    Лели, лели, домой шли, (bis).
Имъ навстрѣчу молодцы, (bis).
    Лели, лели, молодцы, (bis).
Все дворяне, да купцы, (bis).
    Лели, лели, да купцы, (bis).

(Дѣвушки и парни идутъ черезъ сцену медленно, и когда первые ряды начинаютъ уже доходить до правыхъ кулисъ, тамъ раздаются вдругъ громкія восклицанія, и всѣ останавливаются, вглядываясь впередъ).

Голоса дѣвушекъ и парней. Глядите, дѣвки, глядите! Кто тамъ идетъ!

— Гдѣ? гдѣ?

— Вонъ, вонъ! Видите?!

— И народъ за нимъ.

Первый парень. Э! Да это бирючъ княжій...

Голоса. Такъ и есть, онъ самый...

Второй парень. Что онъ оповѣщаетъ?

Голоса. А вотъ услышимъ...

Свѣтлана. (*Посмотрѣвши вправо, вдругъ возвращается и бѣжитъ домой*). Услада! Пересвѣта! Скорѣе идите сюда! Бирючъ княжій идетъ... Скорѣе! (*Скрывается направо за кулисы*).

ЯВЛЕНІЕ ОДИНАДЦАТОЕ.

Дѣвушки и парни.

Дѣвушка 1-я. Слышно, князь смотрины невѣстъ назначаетъ для своего княжича. Знать, это и будетъ оповѣщать бирючъ...

Парень 1-й. А вотъ узнаемъ. Здѣсь-то онъ непремѣнно остановится.

Парень 2-й. Смотрите дѣвки! Ужъ не за вами-ль онъ идетъ? Може промежъ васъ и найдется невѣста княжичу. (*Всѣ смѣются*).

Дѣвушка 2-я. А може онъ ищетъ васъ, ребята?

Парень 1-й. А на кой лѣшій мы ему сдались?

Дѣвушка 2-я. Да може для княжны женихъ промежъ васъ найдется...

Дѣвушка 1-я. Маленько рыломъ не вышли...

(Всѣ смѣются. Справа показываются дѣти, мужчины и женщины, которые постепенно заполняютъ сцену. Они вглядываются въ сторону, откуда долженъ появиться бирючъ. Справа выбѣгаютъ Посадница, Свѣтлана, Услада и Пересвѣта).

ЯВЛЕНІЕ ДВѢНАДЦАТОЕ.

Пересвѣта. Гдѣ же, гдѣ бирючъ?

Свѣтлана (*и нѣсколько голосовъ*). Вотъ, вотъ онъ, видишь, сюда идетъ...

(Посадница и ея дочери, посмотрѣвши въ сторону Бирюча, возвращаются ближе къ авансценѣ и суетливо занимаютъ мѣста. На сценѣ общее оживленіе).

Посадница (*суетясь*). Дочки, дочки! Идите сюда, здѣсь будетъ слышнѣе.

Пересвѣта (*перебѣгая на лѣвую сторону*). Нѣтъ, матушка, отсюда будетъ виднѣе.

(Посадница перебѣгаетъ къ Пересвѣтѣ и становится съ нею рядомъ, ближе къ авансценѣ. Свѣтлана и Услада присоединяются къ нимъ. Услада машинально достаетъ орѣхи и грызетъ ихъ).

Пересвѣта (*укоризненно*). Ты, Услада, хоть бы при людяхъ перестала лакомиться. (*Машинально достаетъ изъ кармана зеркальце и охорашивается*).

Услада. А ты бы хоть при людяхъ перестала охорашиваться...

Посадница (*толкая ихъ*). Дѣтки, дѣтки! Да вы хоть при людяхъ-то бросьте грызню...

Свѣтлана. Матушка, вонъ бирючъ идетъ.

ЯВЛЕНІЕ ТРИНАДЦАТОЕ.

Справа выходитъ Бирючъ съ посохомъ въ рукахъ. Онъ становится посреди сцены, надѣваетъ шапку на посохъ и молча поднимаетъ ее высоко. Люди окружаютъ его со всѣхъ сторонъ, но такъ, чтобы для зрителей онъ былъ видѣнъ ясно.

Бирючъ. (*Громко и отчетливо, речитативомъ, по старинному складу*).

Слушайте, послушайте,
Господа честные,
Бояре знатные,
Мужи именитые,
Гости торговые,
Шапки бобровыя,
Вдовцы и вдовицы,
Люди служилые,
Дѣти боярскіе—
Слушайте!..
По наказу государеву,
По обычаю старинному,
Обряжайте, снаряжайте
Своихъ дочерей,
Пригожихъ молодицъ,
Красныхъ дѣвицъ!—
Соколъ его ясный
Княжичъ прекрасный
Перьемъ оперился,
Волосьемъ опушился.
А пришла ему пора
Высмотрѣть, выглядѣть
Младу молодушку,
Бѣлу лебедушку,
Нравомъ голубицу,
Съ лица бѣлолицу,
Зореньку ясную,
Дѣвицу красную.
А и прибыть тѣмъ молодицамъ.
Красным дѣвицамъ
На Ивана-Купалу
Въ княжій дворъ,

Въ Красную палату,
Хороводъ водити,
На людей поглядѣти
И себя показати...

(Бирючъ снимаетъ шапку съ посоха, кланяется на четыре стороны и уходитъ налѣво. За нимъ удаляются мужчины, женщины, дѣвушки, дѣти и парни. Свѣтлана, Услада и Пересвѣта провожаютъ ихъ до глубины сцены и затѣмъ возвращаются).

ЯВЛЕНІЕ ЧЕТЫРНАДЦАТОЕ.

Посадница, Свѣтлана, Услада и Пересвѣта.

Пересвѣта (*радостно хлопая въ ладоши*). Ахъ, матушка, вотъ радость! Тамъ будемъ хороводы водить, увидимъ всякія диковинки!..

Услада (*тоже*). Вотъ гдѣ, небось, будетъ всякихъ сластей заморскихъ...

Пересвѣта (*съ укоризной, презрительно*). Ну ужъ ты! Опять только сласти на умѣ. Тутъ надо подумать, какъ намъ обрядиться хорошенько, какіе наряды заготовить, а она все только о сластяхъ.

Услада. Ужъ ты хороша! Всё только о нарядахъ...

Посадница. Дѣтки, да перестаньте вы! Пойдемте лучше въ хоромы, да подумаемъ, какъ намъ быть, что намъ дѣлать. Пойдемте! (*Поворачивается, чтобы идти*).

Свѣтлана. Матушка, возьмите и меня съ собою на княжьи смотрины.

Посадница. Что ты, что ты, Свѣтланушка! Тебѣ-то ужъ совсѣмъ не за чѣмъ туда.

Свѣтлана. Возьми, матушка. Мнѣ такъ хочется посмотрѣть на торжество.

Услада. Возьми её, матушка!

Пересвѣта. Она будетъ услуживать намъ.

Посадница. Да что вы, въ самомъ дѣлѣ! Для услугъ-то у насъ челядника найдется. А вотъ дома-то некого будетъ оставить. Нѣтъ, Свѣтланушка, ты ужъ оставайся дома. Сестры разскажутъ тебѣ всё, что увидятъ. Всё узнаешь отъ нихъ. (Къ Усладѣ и Пересвѣтѣ). Ну, дѣтки, пойдемте скорѣе въ хоромы. (На-ходу продолжаетъ говорить). Вѣдь до Купалы-то остается меньше мѣсяца. Надо пересмотрѣть хорошенько, что есть у насъ и чего нѣтъ. Можетъ и прикупить чего придется. (Посадница, Услада и Пересвѣта уходятъ).

ЯВЛЕНІЕ ПЯТНАДЦАТОЕ.

Свѣтлана, а потомъ старуха-волшебница.

Свѣтлана (грустная идетъ къ столику и садится за прялку. Послѣ небольшой паузы). Вотъ, если бы жива была моя матушка родная, она бы не покинула свою дочку. Тогда бы и я удостоилась поглядѣть на княжій пиръ. А теперь сиди, Свѣтлана, дома, пряди пряжу, да вяжи чулки. Э-эхъ!..

(Вздыхаетъ тяжко и, опустивши голову, работаетъ. Въ это время Свѣтлана можетъ пропѣть какую-нибудь пѣсню; лучше всего колыбельную. Во время пѣнія въ глубинѣ сцены, слѣва, показывается старуха-волшебница. Она тихо приближается къ Свѣтланѣ, опираясь на посохъ).

Свѣтлана (*увидавши старуху*). Кто тамъ идетъ?!. А! это старушка, что поясъ подарила. (*Къ старухѣ*). Ты что же, бабушка, вернулась? Ужъ не заблудилась-ли? Хочешь, я провожу тебя, куда надо. (*Встаетъ къ ней на встрѣчу*).

Старуха (*ласково, подойдя къ Свѣтланѣ*). Нѣтъ, моя красавица, нѣтъ, милая... Не заблудилась я, а вернулась, чтобы согнать печаль съ твоего сердца. Знаю я, моя сиротинушка, знаю—чего тебѣ хочется, чего твое сердце проситъ. Не печалься, не грусти: будешь и ты въ хоромахъ княжіихъ, увидишь и ты княжича, людей иноземныхъ, боярышень наряженныхъ...

Свѣтлана (*съ грустью*). Нѣтъ, бабушка, не быть мнѣ тамъ. Матушка сказала, что я дома останусь... Да и нарядовъ у меня нѣтъ такихъ, чтобы можно было въ красной палатѣ показаться.

Старуха. Объ этомъ не заботься, моя милая Свѣтлана! (*Указывая на ея поясъ*). Пока на тебѣ этотъ поясъ, ты во всякихъ нарядахъ хороша.

Свѣтлана. Но какъ бы я могла попасть въ княжіи хоромы, бабушка? Вѣдь меня туда одну не допустятъ...

Старуха (*ласково поглаживая голову Свѣтланы*).

Объ этомъ не твоя забота, красавица моя. Я сама доставлю тебя въ Красную палату вотъ въ этой колесницѣ—смотри! (*Машетъ посохомъ*).

Живая картина.

Въ глубинѣ сцены, при бенгальскомъ освѣщеніи, появляется пара бѣлыхъ лебедей, везущихъ колесницу. За ними, неразрывной живой цѣпью, появляется веселый рой всякихъ живыхъ цвѣтовъ, которые окружаютъ колесницу и съ тихимъ пѣніемъ водятъ хороводъ вокругъ нея. Свѣтлана прилегаетъ къ плечу старушки и съ великимъ удивленіемъ смотритъ на волшебное зрѣлище, а волшебница съ ласковой улыбкою смотритъ на дѣвушку.

Занавѣсъ.

Сцена вторая.

Красная палата въ хоромахъ князя. Въ глубинѣ, справа и слѣва, входы въ нее. На стѣнахъ висятъ старинные щиты и военные доспѣхи (копья, луки, мечи, панцыри и пр.), а также трофеи охоты: рога турьи, лосиные, оленьи и дикихъ козъ. На деревянныхъ полкахъ стоитъ посуда: кувшины, чаши, ковши и пр. Вдоль стѣнъ дубовыя скамьи для сидѣнья. Большую часть задней стѣны занимаетъ узкій дубовый столъ для гостей. Въ правомъ заднемъ углу, нѣсколько ближе къ средней части сцены, стоятъ три деревянныхъ кресла, обтянутыя красной матеріей. Это мѣста для князя, княгини и княжича. Около креселъ нѣсколько скамеечекъ для приближенныхъ лицъ. Кресла стоятъ на звѣриныхъ шкурахъ.

Князь, княгиня и княжичъ сидятъ въ креслахъ; около нихъ на скамейкахъ сидятъ приближенные бояре и боярыни. Здѣсь же, ближе къ княгинѣ, сидитъ и Посадница. На противоположной сторонѣ, вдоль лѣвой стѣны, на длинной дубовой скамьѣ сидятъ невѣсты, а сзади нихъ стоятъ прислужницы. Челядинцы князя обносятъ невѣстъ освѣжительными напитками, разными орѣхами, печеньями и др. сладостями. По временамъ дѣвушки обращаются къ своимъ челядникамъ и посылаютъ ихъ съ порученіями. Княжичъ посматриваетъ на невѣстъ, а тѣ конфузливо потупляютъ головы и жмутся одна къ другой. По временамъ князь и княгиня перешептываются съ княжичемъ, указывая на невѣстъ. Матери дѣвицъ ревниво слѣдятъ за своими дочерьми и по временамъ подходятъ къ нимъ, поправляютъ на нихъ наряды или наставляютъ ихъ въ чемъ-либо. Больше всѣхъ суетится Посадница, которая часто подбѣгаетъ къ своимъ дочерямъ. Услада и Пересвѣта держатъ себя нѣсколько вызывающе сравнительно съ другими невѣстами. Услада часто угощается всякими фруктами, печеньями и друг. сладостями; а Пересвѣта часто охорашивается и старается обратить вниманіе всѣхъ на свой поясъ. Иногда Пересвѣта дѣлаетъ знаки Усладѣ, чтобы та умѣрила свой аппетитъ къ сладостямъ, а Услада въ свою очередь даетъ ей понять мимикой, что Пересвѣта слишкомъ часто охорашивается. За столомъ сидятъ бояре и почетные гости князя. Два челядинца съ полными кувшинами стоятъ тутъ же и по первому знаку гостя спѣшатъ наполнить ему кружку брагой или заморскимъ виномъ. Мужчины держатъ себя непринужденно, бесѣдуютъ и съ улыбкой мигаютъ иногда другъ другу, въ сторону княжича или въ сторону невѣстъ. У авансцены, въ полоборота къ князю, сидитъ гусляръ на низкомъ табуретѣ и поетъ былину. Около него сидитъ на полу княжій шутъ, который внимательно вслушивается въ слова былины.

ЯВЛЕНІЕ ПЕРВОЕ.

Гусляръ (*поетъ речитативомъ, перебирая пальцами на струнахъ*).

Ужъ какъ палъ туманъ на сине море,
А злодѣй-тоска въ ретиво сердце;
Не сходить туману съ синя моря,
Да не выдти кручинѣ изъ сердца вонъ.
Не звѣзда блеститъ далече во чистомъ полѣ—
Курится огонечекъ малешенекъ.
Посланъ возлѣ огонечка шелковой коверъ,
А на коврикѣ лежитъ добрый молодецъ,
Прижимаетъ платкомъ рану смертную,
Унимаетъ молодецку кровь горючую.
Подлѣ молодца стоитъ его добрый конь;
И онъ бьетъ своимъ копытомъ въ мать сыру
                                                    землю,
Будто слово хочетъ вымолвить хозяину:
    „Ты вставай, вставай-ка, добрый молодецъ!

Ты садись-ка на меня, своего слугу,
Отвезу я тебя на святую Русь,
Къ отцу матери, къ роду племени,
Къ роду-племени, къ молодой женѣ!"
  Какъ вздохнетъ тутъ добрый молодецъ—
Подымалась ручьемъ кровь горючая,
И промолвилъ добрый молодецъ своему коню:
  „Ахъ ты, конь мой, конь, лошадь вѣрная!
Ты бѣги-ка, мой конь, на святую Русь.
Отцу-матери скажи челобитьице,
Роду-племени скажи по поклону всѣмъ,
Молодой женѣ скажи волюшку:
Что женился я на другой женѣ,
Что за ней я взялъ поле чистое:
Насъ сосватала сабля острая,
Положила спать калѣна стрѣла.
Да еще ли одинъ скажи поклонъ:
Малымъ дѣтушкамъ благословеньице.
Мнѣ не столько жаль молодой жены,
Сколько жаль моихъ малыхъ дѣтушекъ:
Остались дѣтушки малешеньки,
Малешеньки дѣтушки, глупешеньки,
Натерпятся холода и голода!"

Шутъ (*вскакивая на ноги*). Эхъ, хороша были-
на, батюшка князь, да больно тягуча: для хозя-
ина не выгодна.

Будимиръ. А чѣмъ же она не выгодна,
шутъ?

Шутъ. А тѣмъ, бояринъ, что, слушая эту
былину, ты, отъ скуки, много заморскаго вина
выпилъ; а вонъ, боярыни да боярышни не
меньше куля сластей поѣли. (*Всѣ смѣются*).

Будимиръ (*почесывая въ затылкѣ*). Эка, домовой тебя ѣшь!..

Ш у т ъ. А чтобы твоего добра, государь, поменьше выходило, дозволь совѣтъ тебѣ сказать.

К н я з ь. *(Съ добродушнымъ смѣхомъ)*. Да ужъ сказывай, шутъ, сказывай...

Ш у т ъ. *(Указывая на невѣстъ)*. Прикажи, государь, вотъ этимъ красавицамъ хороводъ повести, повеселить насъ своими пѣснями. Тогда все же меньше будетъ расходу на орѣхи, да на сласти всякія. А гости-то залюбуются на красавицъ и про заморскія вина забудутъ. Анъ для тебя-то и выгода, батюшка князь. *(Всѣ смѣются)*.

К н я з ь. *(Съ улыбкою)*. Моего-то добра для милыхъ гостей не жалко. У меня его хватитъ на всѣхъ. А что вотъ боярышнямъ надо бы поразмяться. Это дѣло доброе. Пускай позабавятся хороводами, а мы на нихъ полюбуемся.

К н я г и н я. *(Въ сторону Посадницы)*. Ты-бы, Миловидушка, пошевелила боярышень, а сами-то они не осмѣлятся.

Ш у т ъ. *(Подскакивая къ княгинѣ)*. Ничего, матушка княгиня, я ихъ поману съ нашеста. *(Обратившись къ боярышнямъ, манитъ ихъ, словно цыплятъ, быстро причитая)*.

Цыпъ, цыпъ, цыпъ, цыпъ,
Милыя птички,
Лѣсныя пѣвички,
Чиряточки, касаточки,
Жавороночки, перепелочки,
Кукушечки, ворокушечки,
Воробушки да скворушки,
Овсяночки, конопляночки,

Чечеточки-трещеточки,
Веселыя канареечки—
Вылетайте на лужокъ,
Становитеся въ кружокъ
Да затягивайте свои пѣсенки.

(Во время этого причитанья ш у т ъ манитъ боярышень на середину сцены. П о с а д н и ц а подбѣгаетъ къ своимъ дочерямъ и ведетъ ихъ; другія боярыни дѣлаютъ тоже самое съ своими дочерьми. Боярышни, стыдливо улыбаясь, составляютъ кругъ около шута. Матери отходятъ и садятся на мѣста).

Ш у т ъ. Да вы смѣлѣе, дѣвицы, смѣлѣе красавицы! Раскройте губки алыя, покажите зубки жемчужные, — а пока вы будете настраиваться да налаживаться, я вамъ пѣсенку начну...

П о с а д н и ц а (поспѣшно князю). Нѣтъ, нѣтъ, батюшка князь, пусть уже дѣвушки сами; они и безъ него управятся, а ему прикажи замолкнуть.

К н я з ь. И то правда; тебѣ, балагуръ, пора и отдохнуть...

Ш у т ъ (указывая на боярышень). Помилуй, батюшка князь! Да безъ меня—пропащее дѣло... Видишь, онѣ сами просятъ меня начать.

П о с а д н и ц а. (Со смѣхомъ). Ахъ ты, шутъ! Да когда же онѣ тебя просили? Онѣ все время молчатъ...

Ш у т ъ. (Значительно). Вотъ то-то оно и есть, что молчатъ. А всѣмъ вѣдомо, что молчатъ— значитъ хотятъ. (Всѣ смѣются).

Б у д и м и р ъ (съ улыбкою, къ князю). Выходитъ дѣло—шутъ правъ. Ужъ уступи ему, государь...

К н я з ь. (*Улыбаясь*). Да ужъ видчо придется уступить. (*Къ шуту*). Ну, балагуръ, начинай что-ли!..

Ш у т ъ (*разводя руками, со вздохомъ къ публикъ*). Вѣдь вотъ какъ не хотѣлось, а упросили таки... (*Къ боярышнямъ*). Ну ужъ такъ и быть, я начну, а вы подхватывайте... (*Причитываетъ речитативомъ*).

Какъ жила-была милая
Красотка глухая... (*Плюетъ*).
Тьфу ты—молодая.
Расчудесная дѣвица!—
Сорока лѣтъ молодица:
Глаза яблокомъ сидятъ, (*показываетъ руками*)
Уши въ стороны торчатъ,
Носикъ за губы спустился—
Къ подбородку примостился;
Ротикъ тоже небольшой:
Какъ у щуки пудовой—
То-ли не краса!
То-ли не краса! (*Всѣ смѣются*).

Б у д и м и р ъ. Что и говорить, красавица писаная, ха, ха, ха!..

П о с а д н и ц а. То-то, шутъ, ужъ что-нибудь да выдумаетъ...

Ш у т ъ. Аль тебѣ не по душѣ моя пѣсенка, государыня? Вѣдь это не про твою милость. А если тутъ и есть маленько правды, то, сама знаешь, государыня, изъ пѣсни словъ не выкинешь. (*Смѣются*).

П о с а д н и ц а. (*Обидчиво*). Ну! ты, шутъ, смотри: шути да не перешучивай! Пѣсня-то, самъ говоришь,—твоя, а не чужая.

Ш у т ъ. Моя, сударыня, моя; чужимъ-то добромъ не люблю пользоваться...

Б у д и м и р ъ. (*Съ улыбкою*). А твое-то добро не всѣмъ въ прокъ идетъ: вонъ ты спѣлъ свою пѣсню, а боярышни-то къ тебѣ и не присосѣдились.

Ш у т ъ. Что-жъ, бояринъ,—нынѣ такія времена настали: выходитъ, что и боярышни хотятъ жить не чужимъ, а своимъ умомъ... Подай имъ Боже! Пусть начинаютъ свою пѣсенку, а я отдохну маленько. (*Идетъ и садится на скамейкѣ близъ княжича*).

П о с а д н и ц а (*махнувъ рукой*). Давно бы такъ то! (*Подходя къ дѣвушкамъ*). Ну, боярышни, заводите, что-ли!..

Дѣвушки поютъ обычныя хороводныя пѣсни („Какъ по морю“. „Вдоль да по рѣчкѣ“, „Ужъ я золото хороню“ и т. д.) Можно пѣть мѣстныя хороводныя пѣсни, если онѣ мелодичны. Въ это время князь и княгиня бесѣдуютъ съ княжичемъ, поглядывая на боярышень. Княжичъ глядитъ равнодушно, а князь и княгиня съ улыбкою. По окончаніи хоровода, который можетъ продолжаться по желанію, боярышни садятся на мѣста. Имъ тотчасъ же челядинцы подносятъ освѣжительные напитки и сладости, а прислуживающія дѣвушки обмахиваютъ ихъ опахалами).

К н я з ь (*съ улыбкой продолжая разговоръ*). Нѣтъ, сынокъ, это не наше, а твое дѣло. Сказывай жъ, какая изъ этихъ боярышень заставляетъ биться твое сердечко?.. Сказывай!

К н я ж и ч ъ. Да что сказать тебѣ, батюшка.

Смотрю я, смотрю, а ни къ одной не лежитъ мое сердце.

Княгиня (*удивленно*). Да неужто ни къ одной?!.. Ты погляди, сынокъ, вонъ на ту боярышню голубоглазую. (*Княжичъ смотритъ равнодушно по тому направленію, куда указываетъ княгиня, и медленно переводитъ глаза на мать*). Что? И эта не по нраву! Ну вонъ, погляди на дочекъ Посадницы. Ужъ чего лучше! И лицомъ пригожи, и въ тѣлѣ дородны. Приглядись-ка получше...

Шутъ (*съ хитрой улыбкой, мигая глазами*). Да, совяты пригожи, нечего сказать. Совяты-то здѣсь, а голубеночекъ дома остался...

Князь. Какъ! Развѣ у Посадницы еще есть дочь? (*Къ Посадницѣ*). Что же ты, боярыня, не показала ее намъ?

Посадница. (*Машетъ рукою въ сторону шута*). Да пустое онъ говоритъ, батюшка князь! То не дочь моя. Куда ужъ ей! Она у меня все по домашней части. Подай Боже за какого - нибудь ледащаго служилаго человѣка сбыть. А ужъ здѣсь-то ей совсѣмъ не мѣсто...

Шутъ (*съ хитрой улыбкой*). Ой, да такъ ли, государыня моя! Ужъ не сказать ли мнѣ твоей милости одну сказочку? (*Обращаясь къ князю*). Дозволь, государь! Сказочка знатная...

Князь. Нѣтъ, ужъ будетъ тебѣ, ты и такъ много болтаешь...

Шутъ. Не могу ослушаться воли твоей, княже. (*Значительно въ сторону княжича*). А для нашего княжича она была бы больно занятна...

Княжичъ (*сильно заинтересованный*). Нѣтъ, батюшка, дозволь ему сказать.

Княгиня (*добродушнымъ тономъ*). Да ужъ пусть разсказываетъ, дозволь ему.

Князь (*смѣется*). Ну да и плутъ же ты, балагуръ! Не съ одного, такъ съ другого конца, а своего все таки добьется. (*Гости смѣются*). Дѣлать нечего, сказывай, шутъ, да поскладнѣе. А коли будетъ не складно, не взыщи: на твоей спинѣ учиню жестокую расплату... (*Смѣхъ*).

Шутъ (*почесывая въ затылкѣ, съ хитрой улыбкой*). Не въ первой мнѣ получать такую расплату, государь. (*Машетъ рукой*). Знакомое дѣло! (*Смѣхъ*). Правда, будетъ больно моей спинѣ, княже; но пройдетъ день — другой, и вся боль уймется. (*Съ разстановкою, значительнымъ тономъ*). А вотъ коли нашъ княжичъ да выберетъ себѣ ястребицу, вмѣсто голубицы, тогда ему будетъ больно всю жизнь...

Голоса. Ладно сказано! Хитеръ шутъ!..

Князь (*съ улыбкой*). Умно сказалъ, балагуръ. А въ награду за умное слово (*оборачиваясь къ челядинцамъ*) — подайте ему въ моей чарѣ заморскаго вина! (*Челядинцы поспѣшно подаютъ турій рогъ князя, наливаютъ его виномъ и отходятъ въ сторону. Князь, подавая шуту рогъ*). Пей, шутъ, безо всякаго уговору.

(*Шутъ пьетъ, крякнувъ съ наслажденіемъ*).

Будимиръ (*обращаясь къ другимъ*). Вотъ оно какъ повезло нынѣ шуту...

2-й Гость. День на день не приходится; да и

то сказать: уменъ, плутъ (*Всѣ гости одобрительно качаютъ головою и смѣются*).

3-й Гость. Что и говорить. На козѣ его не объѣдешь.

Шутъ (*утирая усы и бороду, откашливаясь*). Ну такъ вотъ, други вы мои любезные. Значитъ, жила-была сова, дурья голова. Снесла сова два яичка, да и не запримѣтила, какъ въ ея гнѣздо попало третье—голубиное. Вывела сова двухъ совятъ; вывелся съ ними и голубеночекъ. Смотритъ на него сова и диву даётся: откуда-де у нея появился уродъ такой? У совятъ-то и глаза выпучены, и носъ крючкомъ—настоящія чудо-красавицы въ совиномъ родѣ; а у этого урода и глаза по бокамъ головы торчатъ, и носъ кривымъ пенькомъ выдвинулся; да и характеромъ такой, что всѣмъ въ обиду даётся: нападутъ на него совята и ну его трепать, а голубеночекъ только отмалчивается. Видитъ сова, что голубёнокъ не въ неё вышелъ, и отвернулась отъ него: пусть-де самъ по себѣ, а мы сами по себѣ... Ну вотъ. Скоро сказка сказывается, да не скоро дѣло дѣлается... Прошло ни много, ни мало времени, а ровно столько, сколько было нужно. И вздумалось орлу съ орлицей своего орлёнка поженить. И кликнулъ кличъ орёлъ по всему птичьему царству. Слетѣлись къ нему и галки съ галчатами, и вороны съ воронятами, и сороки съ сорочатами. Прилетѣла и пучеглазая сова со своими совятами; а голубеночка-то дома оставила: куда-де такому уроду на царскій пиръ. (*Неожиданно къ Посадницѣ*). Такъ ли говорю, государыня?..

Посадница (*съ глуповатой улыбкой*). А я-то почемъ знаю! Вѣдь сказка-то про сову да про совятъ, а не про меня. (*Всѣ смѣются*).

Княжичъ. (*Обратившись къ Посадницѣ*). Сказка-то сказкѣ рознь, боярыня. Въ иной сказкѣ гораздо больше правды, чѣмъ въ самой были...

Шутъ (*радостно машетъ руками, подражая пѣтуху*). Ку-ку-ре-к-у-у-у!!..

Голоса. { Чего ты, шутъ?!. { А ну тебя, напугалъ!!..

Князь. Чего ты орешь?..

Шутъ. Да я, батюшка князь, по-пѣтушиному: пѣтухъ-то радуется утренней зорькѣ, а я обрадовался умнымъ словамъ царевича.

Княгиня. Эка, шутъ, право! Смотри, всѣхъ боярышень напугалъ.

Шутъ. Отъ радости, матушка княгиня, отъ радости...

Князь. Ты что же, балагуръ: началъ сказку, а конецъ-то спряталъ.

Шутъ. (*Загадочно*). Потерпи маленько, государь, може конецъ-то и самъ скажется...

Князь. (*Завидѣвши отрока, который спѣшитъ къ нему*). Что тамъ такое? Съ какою вѣстью къ намъ?

Отрокъ. (*Поклонившись низко князю, княгинѣ и княжичу*). Государь! Къ твоимъ хоромамъ подъѣхала чудесная колесница. Впряжены въ нее бѣлые лебеди; а окружаютъ ее живые цвѣты. И сидитъ въ той колесницѣ боярышня красоты неописанной. И проситъ она позволенія явиться передъ твои ясныя очи. (*Всѣ въ большомъ удивленіи*).

К н я з ь (*изумленно*). Милости просимъ... Для почтенныхъ гостей у насъ всегда мѣсто.

О т р о к ъ (*Подойдя къ выходу въ глубинѣ сцены, дѣлаетъ почтительный знакъ*). Вотъ она, государь!..

ЯВЛЕНІЕ ВТОРОЕ.

С в ѣ т л а н а, въ простомъ костюмѣ боярышни X—XI вѣка. На ней бѣлая лента волшебницы. При ея появленіи княжичъ быстро подымается съ мѣста и съ восхищеніемъ смотритъ на Свѣтлану, пораженный ея неотразимой прелестью. Многіе гости и всѣ боярышни точно также вскакиваютъ и въ сильномъ изумленіи смотрятъ на нее.

Г о л о с а. Батюшки свѣты! Откуда такая красавица?

К н я г и н я (*обращаясь къ другимъ*). Вотъ диковинка! Чья-жъ это боярышня?!..

С в ѣ т л а н а (*подойдя къ князю, кланяется сначала ему, затѣмъ княгинѣ, княжичу и гостямъ. Потомъ, обратившись снова къ князю, отчетливо и скромнымъ тономъ говоритъ ему*): Прости, государь, что я не прошена не звана пришла въ твои хоромы.

К н я з ь (*съ добродушной улыбкой*). Добро пожаловать, красавица! Скажи, кто ты такая, какого рода-племени, какъ величать тебя?

С в ѣ т л а н а. Я сирота, государь; а зовутъ меня Свѣтланой.

Вмѣстѣ { П о с а д н и ц а (*всплеснувъ руками*). Батюшки! Свѣтлана!!.
У с л а д а (*тоже*). Это Свѣтлана!!.
П е р е с в ѣ т а (*тоже*). Откуда она?!..

К н я з ь. Ну что же, милости просимъ, Свѣтлана! Не теперь, такъ послѣ скажешься.

Княгиня (*въ сторону Посадницы*). Миловидушка! Посади-ка её промежъ боярышень...

Посадница. Слышу, матушка княгиня, слы-
шу (*быстро подходитъ къ Свѣтланѣ, беретъ ее за руку и ведетъ къ боярышнямъ*). Да какъ же ты осмѣ-
лилась явиться сюда! Ахъ ты, проказница! Какого сраму-то надѣлала...

Свѣтлана. Прости, матушка!

Посадница. То-то. прости... Ахъ ты, батюшки мои!.. Ну ужъ садись что ли!.. Садись вотъ
промежъ сестеръ...

    (*Услада и Пересвѣта съ улыбкою протягиваютъ
руки Свѣтланѣ и сажаютъ ее возлѣ себя. Боярыни
и боярышни бросаютъ на Свѣтлану недружелюбные
взгляды и шепчутся, кивая головою въ ея сторону*).

Княжичъ. Батюшка, да что-жъ это: во снѣ
или на яву?

Князь (*разводя руками*). И самъ я не вѣдаю,
сынокъ; оно похоже на сонъ, а выходитъ слов-
но-бы и на яву.

Шутъ. На яву, батюшка князь, на яву...
(*Обращаясь ко всѣмъ*). Честные господа! Не при-
кажете ли докончить мою сказочку? Конецъ ея
не великъ, да занятенъ. (*Подойдя къ Посадницѣ и
легонько толкнувъ ее*). Не прикажешь ли, сударыня?..

Посадница (*съ сердцемъ отталкивая шута*).
Да ну тебя, шутъ, съ твоею сказкою! (*Отходитъ
недовольная въ сторону*).

Шутъ (*къ князю*). Батюшка князь! (*Указывая на Посадницу*). Боярынѣ любопытно дослушать
конецъ моей сказки. Аль уступить ей?

— 45 —

Посадница (*Сердито*). Да кто тебя просить, шуть! Самь ты навязываешься. (*Смѣхъ*).

Шуть. Да ужъ больно мнѣ хочется уважить тебѣ, государыня моя.

Князь. Да ну ладно, кончай ужъ! Можетъ конецъ-то любопытнѣе начала...

Шуть (*поклонившись князю*). А вотъ самъ суди, княже... Такъ вотъ, сударн вы мои, остановился, значитъ, я на томъ словѣ, какъ слетѣлися къ орлу на пиръ чесной всякія гусыни съ гусятами, курицы съ цыплятами; прилетѣла, значитъ, и совушка-вдовушка со своими совятами; а голубенка-то дома оставила. И вотъ, сталъ, это, орленокъ выглядывать, да высматривать, какая птичка ему въ пару пригожа. На какую ни взглянетъ, всякая ему нравится, всякая красотою да нарядами взяла. Словъ нѣтъ, всѣ птички хороши, да выходитъ, по пословицѣ, что „не по хорошу милъ, а по милу хорошъ“. Вотъ такой-то птички, чтобы мила была сердцу, промежъ всѣхъ пташекъ ни одной не оказалось. И пригорюнился орленокъ... Какъ вдругъ, отколь ни возьмись, прилетѣла сизокрылая голубка... (*Мигая глазами въ сторону княжича*). И встрепенулося сердечко у орленка, затрепетало, словно изъ груди хочетъ вонъ выскочить. Какъ завидѣли это сороки, галки, вороны, такъ и закаркали (*громко въ сторону боярынь*): Кра! кра! кра!..

(При этихъ словахъ женщины и боярышни подскакиваютъ съ испугу на мѣстѣ и кричатъ: „Ахъ ты, шуть!“—Вотъ неугомонный!“—„Ай, батюшки!“ мужчины и князь смѣются).

Посадница. Да уйми ты шута, батюшка князь! А то онъ насъ уморитъ!..

Шутъ. Помилуй, государь. Изъ сказки словъ не выкинешь. А не виноватъ же я, что на посадницѣ кичка горитъ (*указывая на Посадницу*) Гляди-ка!..

Посадница. (*Вскакивая съ мѣста и хватаясь за кичку*). Ай, батюшки! Ай, родимые! (*Ей кажется, что кичка на головѣ горитъ, и она срываетъ ее*). Вотъ грѣхъ-то!.. (*Увидавъ, что это шутка, она бранится*). Ахъ ты, шутъ постылый! Постой-же, я тебѣ отплачу! (*Всѣ смѣются, и только дочери стыдливо отворачиваются. Посадница отходитъ и садится на свое мѣсто, грозя пальцемъ шуту; а шутъ, какъ ни въ чемъ не бывало, садится близъ княжича*).

Княжичъ (*продолжая разговоръ*). Ты, батюшка, говоришь, что нужно подождать. Твоя воля, государь; но мое сердце чуетъ, что Свѣтлана будетъ мнѣ доброй женою. Ни одна изъ этихъ боярышень не мила мнѣ, и только Свѣтлана словно очаровала меня.

Князь. Словъ нѣтъ, сынъ мой, Свѣтлана прекрасна; но какъ же объявить ее твоей не- вѣстой, коли мы не знаемъ, кто она есть и ка- кого роду-племени.

Княгиня. Я узнала ее. Это падчерица Миловиды Посадницы. Сказываютъ, что дѣвица она скромная, по характеру добрая, привѣтливая.

Князь. (*Улыбаясь*). А! Ты уже узнала... Ну что же дѣлать. Коли такъ, то благословимъ ихъ да веселымъ пиркомъ и за свадебку. (*Лаская сына*). Ну, сынокъ, ступай, выкупай свою суженую... (*Княжичъ встаетъ съ мѣста, приготовившись идти за Свѣтланой. Кругомъ оживленно шепчутся*).

Ш у т ъ (*вскакивая съ мѣста, бѣжитъ къ боярыш-нямъ*). Ай, ай, ай, ай!

> Чечеточки-трещеточки,
> Жавороночки, перепелочки,
> Овсяночки, конопляночки!
> Ястребокъ вылетаетъ,
> Промежъ васъ
> Птичку намѣчаетъ,
> Спѣшно вставайте,
> Птичку защищайте,
> Да пѣсенку запѣвайте...

(Во время этого причитанья боярышни встаютъ, а затѣмъ, послѣ словъ шута, поютъ: „А мы просо сѣ-яли“. Къ нимъ могутъ присоединиться всѣ женскіе голоса. Холостые мужчины окружаютъ княжича и дружнымъ хоромъ отвѣчаютъ: „А мы просо вытоп-чемъ“. Эта хороводная пѣсня сопровождается всѣми обычными движеніями, которыя исполняются участ-вующими).

Женщ. А мы просо сѣяли, сѣяли,
  Ой, Дидъ-Ладо, сѣяли, сѣяли.
Мужч. А мы просо вытопчемъ, вытопчемъ,
  Ой, Дидъ-Ладо, вытопчемъ, вытопчемъ.
Женщ. А чѣмъ же вамъ вытоптать, вытоптать?
  Ой, Дидъ-Ладо, вытоптать, вытоптать.
Мужч. А мы коней выпустимъ, выпустимъ,
  Ой, Дидъ-Ладо, выпустимъ, выпустимъ.
Женщ. А мы коней переймемъ, переймемъ,
  Ой, Дидо-Ладо, переймемъ, переймемъ.

Мужч. А чѣмъ же вамъ перенять, перенять?
        Ой, Дидъ-Ладо, перенять, перенять.

Женщ. А шелковымъ поводомъ, поводомъ,
        Ой, Дидъ-Ладо, поводомъ, поводомъ.

Мужч. А мы поводъ перервемъ, перервемъ,
        Ой, Дидо-Ладо, перервемъ перервемъ.

Женщ. А мы коней выкупимъ, выкупимъ,
        Ой, Дидъ-Ладо, выкупимъ, выкупимъ.

Мужч. А чѣмъ же вамъ выкупить, выкупить?
        Ой, Дидъ-Ладо, выкупить, выкупить.

Женщ. А мы дадимъ сто рублей, сто рублей,
        Ой, Дидъ-Ладо, сто рублей, сто рублей.

Мужч. Не надо намъ тысячи, тысячи,
        Ой, Дидъ-Ладо, тысячи, тысячи.

Женщ. А что же вамъ надобно, надобно,
        Ой, Дидъ-Ладо, надобно, надобно.

Мужч. Намъ надобно дѣвицу, дѣвицу,
        Ой, Дидъ-Ладо, дѣвицу, дѣвицу.

Женщ. Берите вы краше всѣхъ, краше всѣхъ,
        Ой, Дидъ-Ладо, краше всѣхъ, краше
                       всѣхъ.

Мужч. *(Идутъ къ дѣвушкамъ).* Давайте намъ
        краше всѣхъ, краше всѣхъ,
        Ой, Дидъ-Ладо, краше всѣхъ, краше
                       всѣхъ.

(При этихъ словахъ княжичъ останавливается про-
тивъ Свѣтланы и низко кланяется ей; Свѣтлана вы-
ступаетъ къ нему на шагъ и отвѣчаетъ ему низкимъ
поклономъ. Княжичъ беретъ ее за руку и, въ сопро-
вожденіи мужчинъ, торжественно ведетъ къ князю и
княгинѣ, которые встаютъ, чтобы „благословить" жениха и невѣсту. А боярышни въ это время, выра-
жая разными движеніями растерянность и сожалѣніе,
протяжно поютъ).

Ж е н щ. Въ нашемъ полку убыло, убыло,
    Ой, Дидъ-Ладо, убыло, убыло.
М у ж ч. (*Смотря на боярышень бодро, весело*).
   А въ нашемъ-то прибыло, прибыло,
    Ой, Дидъ-Ладо, прибыло, прибыло.

(Во время этого пѣнія женихъ и невѣста опускают-
ся передъ родителями на колѣни, а князь и княгиня,
возложивши на нихъ руки, обычно „благословляютъ“
ихъ. Княгиня манитъ рукою Посадницу).

П о с а д н и ц а (*быстро вскакиваетъ, подбѣгаетъ
къ Свѣтланѣ и, обнявши ее, причитаетъ*). Голубка ты
моя сизокрылая, дитятко мое ненаглядное, да какое же счастьице привалило тебѣ, моя сиротиноч-
ка безродная! Гадала я такого счастья для своихъ
родимыхъ дѣточекъ, а оно тебѣ одной досталося,
моя кралечка писаная! (*Кланяясь жениху и невѣстѣ*).
Дай-же вамъ, Боже, счастливой доли, любви да
согласія въ супружеской жизни, а намъ, родителямъ, смотрѣть на васъ, утѣшаться да радовать-
ся... (*Кланяется и садится рядомъ съ княгиней, которая сажаетъ ее около себя*).

К н я з ь. (*Привѣтствуя гостей рукою, веселымъ
тономъ*). Гости мои славные, бояре именитые, мужи почтенные! Леталъ нашъ соколъ ясный въ
поднебесьи, выглядѣлъ лебедушку бѣлую да и
настигъ ее на перепутьи. (*Всѣ смѣются. Оживленіе*)...

Ш у т ъ. (*Лукаво мигая на жениха и невѣсту*). А
лебедушка-то, не будь дурна, размахнулася кры-
ломъ, да и зацѣпилася за сердечко нашего ясна
сокола. (*Смѣхъ и оживленіе*).

К н я з ь. (*Съ добродушной улыбкой*). Да ужъ видно — не расцѣпить ихъ теперь. Такъ пожелаемъ

нашему ясному соколу да бѣлой его лебедушкѣ счастья вѣковѣчнаго, любви да согласія; а намъ, родителямъ, смотрѣть на нихъ да радоватися...

Г о с т и (весело, оживленно). Да здравствуетъ княжичъ, да здравствуетъ невѣста его! Слава!!.. (Всѣ поютъ. Челядинцы наполняютъ напитками кружки и рога, протянутые гостями).

Слава государю нашему князю, слава! слава!
Государынѣ — княгинюшкѣ нашей слава! слава!
Ясну — соколу ихъ, княжичу, слава! слава!
И невѣстѣ его пригожей слава! слава!
И всему народу нашему слава! слава!

Ш у т ъ (Подбѣгая къ князю). Батюшка князь! Скоморохи да ряженые наготовѣ, просятъ у твоей милости дозволенья жениха да невѣсту посмотрѣть.

К н я з ь. Да они поспѣли въ самый разъ. Пусть полюбуются да позабавятъ насъ. Зови!

Ш у т ъ (направляясь къ дверямъ, машетъ руками, призывая ряженыхъ). Милости просимъ, лиски куцыя, заиньки русые, бирюки безхвостые, козлы длиннохвостые, журавли рогатые, медвѣди крылатые, чудища лѣсныя, птицы земныя, звѣри поднебесные—пожалуйте!..

На сценѣ появляются скоморохи съ музыкой (рожки, сопѣлки, свистюльки, балалайки, гудки, бубны, желѣзки и пр.) и ряженые (козелъ, медвѣдь на цѣпи, лиса, заяцъ, журавль, лѣшій, домовой, русалки, баба-яга въ ступѣ съ толкачемъ въ одной рукѣ и съ помеломъ въ другой, вѣдьма на помелѣ верхомъ и пр.). Общая пляска, смѣхъ, веселье...

З а н а в ѣ с ъ.

www.ingramcontent.com/pod-product-compliance
Lightning Source LLC
Chambersburg PA
CBHW081215170626
46811CB00010B/3306